이제는 순수를 말할 수 있을 것 같다

유계영

이제는 순수를 말할 수 있을 것 같다

유계영

PIN

005

차례

〔〔〔〔〕〕〕

PIN

005

이제는 순수를 말할 수 있을 것 같다

유계영

시

언제 끝나는 돌림노래인 줄도 모르고

불행을 느낄 때 최대한 많은 사람을 탓하기
다지증의 발가락처럼 달랑거리는
다섯 아닌 여섯, 외롭지 않게

모르는 사람의 기념사진에 찍힌
나를 발견하듯이

오늘날의 태양은 상상의 동물이 되었다

아름다운 건 왜 죄다 남의 살이고 남의 피일까
강물에 돌을 던지고 물의 표정을 살핀다
내가 던진 돌을 잊어버린다

컵 안을 응시하면서 컵에 담긴 것을 마시기
너밖에 없어 같은 말을 믿는 짝눈이 되기

안색이 왜 그 모양이냐
바깥에서 형형색색이 묻는다
잠든 사람의 감긴 눈꺼풀 속에서
눈동자가 바라보는 곳에서
내가 거의 완성될 것만 같은 기분을 느껴요

꼭 길이 아닌 곳으로만 가려 하는 개와 어린이가
수풀 속으로 뛰어든다
검정색 스카프를 목에 두르고
사라지면서 휘날리면서

나의 내부에 더 깊고 긴 팔이 나를 끌어안고
강바닥을 향해 가라앉는 돌
여섯 아닌 일곱, 외롭지 않게

인과

개기월식;

양팔을 벌리고 달의 테두리를 따라 걸었다
무표정의 뿔이 솟았다
모두 짙어질 때를 기다려 혼자 옅어졌다
눈과 눈의 먼 악수
마음에도 없는 말들이 쏟아져 나와
겁에 질려 모두 먹어치웠다

성실한 마음;

충충계 모서리에 거미가 줄을 쳤다
빈 거미줄에 마른 나뭇잎이 걸린다
거미는 꼼짝도 하지 않았다

푸른 불꽃;

긴 혀를 빼물고 눈부시게

잔다

의자가 놓인 위치는 의자의 기분을 설명한다;
사물은 입이 없기 때문에
인간의 호감을 샀지만
인간은 사물을 사랑하므로
사물의 입을 찾아주었다

한 점을 지나는 사람

나는 바쁘게 버스를 탔었고 다시 버스에 올랐을 때

창유리에 찍힌 지문을 석양이 보고 있다
울다 잠든 군인의 얼굴 위에 앉아서

모든 것이 불탔어
비가 오면 비를 보고 싶었고
눈이 오면 눈을 보고 싶었지

외지의 태양은
마지막 말을 중얼거린다

죽은 거예요?
곧 먹게 될 거다
만져보면 안 돼요?

너도 한때 오물이었지

긴 꿈을 꾸도록

식을 수 없도록

어린아이의 하얀 종아리에

생선이 담긴 비닐봉지가 반복해서 부딪힌다

기울어진 어깨를 미끄러지는 가방끈

버스 안으로

유리 빌딩과 목 부러진 그림자들

흘러넘치고

뭔가 이상하다는 걸 느꼈을 때

벌써 지나친 뒤인 것

버닝 후프

요즘 나의 대화에는 많은 사람들이 등장한다
나와 딸과 남편으로 무더기다

문이 열려서 문을 열고
열어야만 닫히는 것이 문이기 때문에
누군가 그리울 수 있어 좋은 나의 집

남편의 목을 조른 손으로 바구미를 골라냈다
같은 손으로 쌀을 씻고 흰살생선을 구웠다

새벽에 나 혼자 맛이 좋았다
손이 벌인 일이나 나의 전체가 낳은

딸이 연속극을 보다가 중얼거렸다
사랑은 사랑이 바닥나기 전에 끝장나게 하시라……

사랑이 아직 사랑일 때 바닥나게 하시라……
죽은 생선을 움켜쥐어본 적도 없이 끝날
딸의 볼륨 없는 사랑

따뜻했다
숟가락 위에 올린 흰살생선의 살점
양손으로 움켜쥐었을 때 딱 들어맞는 인간의 목

밝은 시그널 뮤직으로 시작했다가
슬픈 사운드 트랙으로 끝나는 16회 차였는데
사람이 사람 구실 하며 사는 바람에 극은 탄력을
잃고

폐장 이후의 회전목마처럼
어둠의 선분을 팽팽히 잡아당기며

나와 딸과 남편이 한집에 잠들었다

개미가 더 큰 죽은 개미를 물고 지나가는 장면이
꿈속에서 반복되었다

터틀넥

살아 있는 몇 번째 밤인지 모른다
어떤 밤은 사람 소리만 들려서 그런 날을 세었다
어제 못 잔 잠을 오늘 잔다면
어제의 잠일까 오늘의 잠일까

나는 널 믿지 않아 그런 고백을 들으면 차분해졌다
밤하늘은 언제나 기대보다 밝았다

여자아이의 이름을 딴 인공위성이 반짝이는 것
을 본다
사람은 몸을 줄여나가는 방식으로 진화할 거라고
덜컥 믿게 되듯이

부레가 부푸는 조숙증의 아이들
울음이 큰 새가 몸집보다 거대한 것을 이고 다니며

책 속에 적힌 짐승의 울음소리가

나무의 허밍 속으로 끌려오는 밤도 있었다

그런 날도 하나쯤 세어두었다

횡단

누군가 문에 뺨을 대보는 일이 없으며 아무도 그런 일에 몰두하며 숨죽이지 않는다 나는 문이 다른 것이 될 때까지 바라본다 문은 오렌지색 공을 튀기며 다가오는 빛이 되지는 않는다 문은 찜솥에 젓가락을 찔러보는 뒷모습이 되지는 않는다 단단하고, 반듯하며, 나뭇결이 새겨진 문의 속성만을 생각해도 문은 다른 것이 되지 않는다 문은 시멘트 담장에 적힌 모욕적인 낙서가 되지 않고 어설프게 따라 그린 성기가 되지 않는다 문은 잠겨 있을 때 가장 문이기 때문에

매번 한 줄짜리 시 쓰기에 실패한다

고구마를 들고 방문을 여는 너는 문이 아니었다가 문이다 넌 또 생각만 하고 누워 있구나 문보다

문인 것처럼 열고 달아나게 되는 말이 문을 열고 들어온다 이것 좀 먹어봐 진짜 달다 굶주림은 떠나지 않고 남아 나를 빌고 빌게 만들 것이다 문이 아닌 것을 열고 나는 저 멀리 사라진 줄 알았는데 너는 또다시 문이고, 단단하고, 반듯하며, 나뭇결이 새겨진

　　오래 바라보아도 다른 것이 되지 않는 식탁 위에서
　　제철 음식들이 놓쳐버린 계절
　　지금은 사랑이라는 단어를 말하지 않았다

　　문은 계속 바라보아도 문이다
　　여기까지는 내가 말할 수 있는 슬픔이다

환상종

귓바퀴는 소리를 꽉 움켜쥐려는 목적 아닙니다

들을 준비가 되어 있지 않은 자들 앞이라면
한마디도 하고 싶지 않습니다

자정의 새가 형체를 드러내지 않고 나뭇가지와
화합합니다

언젠가 깨끗이 닦아놓은 유리창을 허공으로 알고
성냥불을 그어본 적 있습니다

어느 고도에도 정확하게 우는 새는 없습니다
노을이 붉어도 불보다 붉게 타오를 리 없습니다
일출시라고 해서 새소리를 아침으로 사용할 수
없습니다

태양의 지능은 멈춘 지 오래입니다
멍청한 거랑은 눈빛도 섞지 않을 거라고
울기도 지친 망막들이 태양을 노려봅니다
커지기 전에 여러 번 깜빡이는 형광등

어젯밤 우리가 유성우에 빌었던 소원으로
밤의 감수성이 조금 더 우울해졌고
우주의 내벽에 곰팡이가 피었습니다

아이는 돌을 차서 멀리 날아가게 하고

언젠가 깨끗이 닦아놓은 귓바퀴를 허공으로 알고
핥아본 적 있습니다

짹짹

입술에 정확히 달라붙더군요

시리즈

울 코트 위에 빛 조각이 앉은 것을 보고 너 뭐가 묻었다며 문지르는 손가락

수업 시간은 재미가 하나도 없어 누가 지우개를 떨어뜨리나 기다리고 있었다 줄곧 망가진 샤프를 고치는 데 심각하던 친구가 벌떡 일어섭니다 내가 주우러 갈 거야 책상 밑에 떨어진 지우개는 구르지도 않는데 친구는 교실을 박차고 달려갑니다 내가 주워 올 거야 저기 모래먼지 풀풀 피어오르는 운동장

친구의 결석은 곰팡이 핀 식빵처럼 병도 참 꼼꼼하다 선생은 자꾸 친구에게 한 번쯤 가보라고 그러고 걔 아직 달리는 중일 텐데요 집 주소를 쥐여줍니다 친구네 엄마가 내 손을 덥석 잡고 그런다 늦었구나 뭐 하다 이제 오니? 자기 꼬리를 물기 위해 빙빙

도는 작은 개가 스스로를 큰 개라 믿으면서 그린 정
확한 타원

　아무도 없는 옥상의 횃대엔 발톱만 걸치고 앉아
싱겁게 노는 햇빛이
　우리는 어디로 갔을까요
　우리는 어디로 갈까요

　집이 늘어서 참 좋다 학교는 친구의 이름으로 다
니게 되었던가 여전히 수업 시간은 재미가 하나도
없어 누가 지우개를 떨어뜨리나 기다립니다 아무도
떨어뜨린 게 없는데 내가 더 빨리 주워 올 거야 교
실을 박차고 달려 나가는 친구들 서로의 주소를 모
르고 우리는 다 같은 처지가 되었으니 나는 이제부
터 수많은 나로 살게 됩니다 수많은 집이 생깁니다

영혼성

신발을 늘리려고 신고 잤다
구겨진 티셔츠는 입고 잤다

풍만한 어둠이 밤새도록 나의 피부를 걸치고 있다
아침이면 알맞았다

덩굴손이 창살을 한 바퀴 더 감았다

큐피드

교도관의 딸은 어느 날 편지 한 통을 수신한다
한 수감자의 서간이었고 그는 곧 출소를 앞두고 있
노라 적었다 자유를 얻게 된다면 당신의 딸을 가만
두지 않겠다 그의 전문이다

교도관의 딸은 편지를 구겨 휴지통에 처박는다
여태 자유 타령이라니 아직도 당신의 세기에는 낭만
주의가 활개인가 보죠 교도관의 딸은 크게 웃는다

그러나 몇몇 운 좋은 낭만파들이 세상 물정 모르
고 살아남는다 그들은 슬픔을 팔지 않지만 조금씩
여러 곳에 슬픔을 무상으로 나누어준다 무슨 말을
하려는 것처럼
구름이 신비로운 모양의 쪽지를 접어 화살을 쏘고

때로는 창밖에 황조롱이가 날아와 원을 그리고 간다 사각의 유리창을 삼십 각의 천장으로 던져 깨뜨리기도 무한의 테이블 위에 엎지르고 날아가기도 한다

교도관의 딸은 등기우편을 기다리듯 하늘을 올려다보는 타입의 사람은 아니지만

결정적으로 서간에 그의 이름이 없는 데다 딸의 이름도 없다 이름이 없으면 저주 같은 게 다 무슨 소용인데? 기계조차 인간에게 조언을 시작한 마당에! 교도관의 딸은 힘껏 야유를 퍼부은 뒤

편지를 처박아둔 휴지통을 걷어찬다
쓰레기는 잔디밭에 뿌려지지만 편지는 오간 데

없다

　새끼를 낳을 새끼들이 태어나는 계절

　교도관의 딸은 사랑에 빠질 때마다 잠들지 못한다
　잔디밭에 매년 못 보던 꽃들이 얼굴을 내미는 것
을 보면 슬픔에 잠기고
　살아 있음을 상기할 때마다 지나친 감동에 시달
린다

　창밖으로 고개를 내민 채 점점 길어지는 날 빈번
하다

드라마투르그

　주렁주렁이라고 처음 쓴 사람과 주렁주렁이라고
처음 발음한 사람은 모르는 사이다
　사과가 부재한 자리에 열린 입술과 사과가 몫으
로 가져간 붉은 목젖이 서로 모르고 굴러간다
　격심히 깊어진다

　사과는 잘 씻고 잘 깎아 잘 씹어 잘 먹으면 사과
이고
　정신을 잃을 때까지 허허벌판의 입속으로 뛰어
드는 것도 사과

　내가 덮었던 이불에서 모르는 냄새가 났다

　누군가 오늘 아침 나의 이불을 빠져나갔을 것이고
　아마도 나는 아니다

내가 모르는 사람의 몸집만큼 꺼져 있다

가볍게 잠든 자라면 가볍게 걸어 나갔을 것이고
무겁게 쓰러진 자라면 옆구리가 벗겨진 채로
끌려 나갔을 것 아직도 이불 끄트머리를 붙잡고

보도블록 위를 휘청거릴 수도
어쩌면 그게 나일 수도
사과일 수도 있다

꼬리를 흔들며 오른쪽에서 왼쪽으로 지나간 개
가 고개 숙인 사람이 되어
왼쪽에서 오른쪽으로 어둠을 질질 끌고 갈 때면
오래 쓰다듬어준 후에

마침내 무엇이 되는지 확인하고 싶은 마음

따뜻한 마음을 가지기 위해 공포를 무릅써야 할
필요가 있다
그런 근사한 기분을 느낀다면 당신을 다 큰 걸로
하자 다 큰
당신을 바라보는 모르는 눈동자가 있다고 하자

주렁주렁이라고 누군가 적을 때
가위를 들고 태양을 주시하는 사람이 있다

빈 나뭇가지를 주렁주렁이라고 발음하면서

인그로운

　나무들이 물체 주머니 속에서 꺼내놓는 그림자를
　못 본 척하고 돌아누워 있다 혼자 떠드는 텔레비
전 소리
　건넛방의 혼자가 잠든다는 사실만으로
　안도감을 느끼던 시절의 일들

　더 오지 말고 거기에서
　더 가지 않겠다는 약속을 던져

　설탕물에 꽂힌 발바닥을 핥으려고
　긴 꽃가지가 목을 꺾을 때

　끈적이는 발자국을 남기고 야반도주할 거야
　도주로에 벗어놓게 될 다디단 바지들과
　개미가 들끓는 미래

삶은 길고 지루한데 축하는 너무도 짧아서

누군가 꽃다발을 발명했다고 전해진다

죽음을 예감하는 순간이 컴컴하지 않도록

고약한 일

옛날 사람의 발상으로 오늘이 환해지는 건

지루했던 여행이 더 많은 그리움을 남기듯 죽음
에 앞서

자신만의 유머를 발굴하게 될 것이다

세계지도를 펼쳐놓고 대륙의 윤곽만 따라가는
눈동자처럼

웃을 수 있을 것이다

접힌 지도 속에서 대륙이 등분될 때마다

헤퍼지는 웃음

북쪽으로 놓인 침대

내가 태어나기도 전에
맞은편으로 살다 죽은 사람을 만질 수 있다
엎드려 누우면
이쯤이 당신의 팔 달렸던 곳

바람에 쓰러진 나무를 본 적이 있다
딱 한 번 벌어진 일이다
나무가 평생토록 감추려던 빛이 뒤집어져 있다
고 적는다
맞은편의 사람은 그러지 말라고 소리친다

유언을 남기고도 오래오래 더 살았던 노인들은
어둠 속에서만 돌아다녔다
혹은 모닥불처럼 눈먼 지팡이를 짚고 새벽 시간에

눈 감으면 아무도 나를 찾지 못할 거라고 믿었던
숨바꼭질과

그 생각이 틀리지 않았다는 걸 알게 되는 날에도

맞은편의 사람은 그 생각에 의문을 제기한다

어떤 날의 꿈을 받아 적으면 한 문장에 끝이 났다

컵에 담긴 양파보다 내가 나은 점은 뒤로 걸을
줄 안다는 것
더 자란 것은 애어른처럼 보기에 좋고 먹을 수
없다

나는 똑바로 고쳐 눕는다
그가 너무 많이 참견해오기 때문이다

등 뒤에서

맞은편이 내 어깨를 두드린다

자신이 들켜버린 비밀을 지켜달라 말한다

접골원

바닥의 셀 수 없는 구멍
맨홀의 셀 수 있는 구멍

쥐는 자기 대가리만 들어갈 수 있으면 어떤 빈틈
에라도 들어간다는데*
물처럼 물처럼

나쁜 습관도 늙어갈까
탕진할 수 있는 것을 모두 탕진하고

우리에겐 더 큰 구멍이 필요하다
보기에 좋은 어깨 때문이다 구멍에서
어깨가 끌려 나옴과 동시에
삶이 시작되었듯

육체를 반으로 접어 삐뚤어진 그림자를 들키는 대신에

하루를 반으로 접어 절반의 시간 속에 머리를 집어넣고

은행나무의 등걸잠

죽은 잎사귀를 한꺼번에 떨어뜨리지 않도록 해야 한다

주의 깊게 하나씩 양을 늘려가며 포기해야 한다

공사 중을 알리는 야광봉이

가짜 인간의 팔 끝에 매달려 밤새도록 흔들린다

물이 물처럼 얼음이 되고 얼음이 얼음처럼

빙벽이 되는

자세의 거대서사

나는 골절의 경험이 없고 아직 죽음에 어긋난 적
없으니
곧 다시 오겠다 미래 시간에

* 김중식, 「참회록」에서

썬 앤 문

은총은 어쩜 이리 가벼워
무일푼이 가득한 성금함을 들고

지옥의 안락의자 위에서
잠든 자들이 자신의 따귀를 때리며 깨어나는 곳

앉지 않으면 오후의 뒷다리가 부러질 것처럼
청춘이 물 건너갈 것처럼
빈자리를 벌리며 호들갑 떠는 늙은이와
앉은뱅이 중력과 함께

강을 건넌다 건너갔던 것을 다시 건너간다

잠든 자의 입이 벌어져
어금니의 금붙이가 드러나는 희극적 순간을 내

려다보며

　언젠가 내가 죽게 될 곳이 궁금하다

　죽고 난 다음 쓸쓸하게 남을 어금니가
　최후의 일격처럼
　마지막 빛을 힘껏 깨물어볼지

　절벽에 벗어놓은 구두코는 오직 정면으로 걸어
가는데
　눈꺼풀 속의 물탱크는 과거만을 퍼 올린다

　이른 아침 건넜던 강을 야밤에 다시 건넌다
　이 밤은 참으로
　까마귀치곤 크고 기워야 할 곳이 많네요
　지옥의 친밀한 이웃들

은총은 어쩜 이리 가벼워

영생이라면 조금 더 잘해볼 수 있을까

무일푼이 가득한 성금함 속에 주먹을 푹 찔러보는

두 교대 근무자가 서로의 등을 치며 건투를 빌어

준다

조정 시간

하루를 울면서 끝내는 사람들의 순서다
애국가 영상 속에서 새 떼들이 공중을 박찼다

세 사람만 있어도
그중에 한 사람은 어둠이 되었고
다른 한 사람은 어둠을 가르는 빛이 되었으며
나머지 한 사람은 어둠과 빛에 누운 무아경이 되
었다

연기가 오도 가도 하지 않고 멈춰 있다

이 방 안에 입을 다문 사람들뿐인데
어디서 짐승 울음소리가 나는 것 같다
마감된 야외에서 소리가 난다

우리는 삼삼오오 모여

꽃 피는 과정을 빨리 감기로 본다

그중에 한 사람은 꽃 피는 거 보러 가고 싶다 말

했고

다른 한 사람은 그것이 슬프다고 말했으며

나머지 한 사람은 창밖에 고개를 내밀고

우산을 쓴 사람과 쓰지 않은 사람이

반씩 섞여 걷는 거리를 내다본다

날벌레가 조명등 아래를 허겁지겁 맴돈다

일곱 가지 색깔 막대가 온종일 화면을 채웠다

곧 하루를 울면서 시작하는 사람들의 차례다

불안을 전달하는 몇 가지 방식 중에서

　신쇼忠人生 선생의 라쿠고 중에 커다란 꿈에 대한 이야기가 있었다. 누군가가 후지산에 걸터앉은 꿈을 꾸었다고 하자, 다른 사람이 그보다 더 큰 꿈을 꾸었다며 나섰다. 어떤 꿈이냐고 묻자, 가지茄 꿈이라고 했다. 가지가 얼마나 컸냐니까, "어둠에 꼭지가 달려 있는 것 같았다"고 했다.

　　　　　　—기타노 다케시, 『다케시의 낙서 입문』 중에서

　꿈에서 완성한 최초의 회화
　잠에서 깨어난 피카소는 엄마와 밀가루 반죽을
빚었다고 한다
　아무렇게나 떼어내 수프를 끓이고
　꿈속의 점 선 면 들을 잊었다고 한다
　맛있게 먹었다고 한다
　어떻게 그럴 수 있을까

푸른색 식용색소, 허물 벗는 영양실조와 화상 자
국, 창고에 숨겨 키운 들쥐, 자석을 입에 문 모형 붕
어, 이국의 채널만 나오는 텔레비전, 선명한 엄마,
엄마가 보고 싶은 오후……
　　욕심이 많은데
　　그렇게 살 수 있을까

　　나는 방으로 돌아가 의자에 앉았다고 한다
　　벽이 마주 보고 있었다고 한다
　　살아 있다니 참 지긋지긋한 일이야
　　가만히 그렇게 말하고
　　주먹만 내는 가위바위보를 계속했다고 한다

　　침대에 누워도 벽이 내려다보고 있었다고 한다

어떻게 이럴 수 있을까

잠이 푸른 파라솔을 펼치며
온종일 따라다녔기 때문에
대낮에도 우리가 쌍꺼풀을 비비며
그늘 밑을 떠돌게 되었다고 한다

어떻게 그럴 수 있을까
의심이 하품처럼 피어올랐다

토끼잠을 자는 우리를

딱딱한 신발 속에 몸을 던져본 자들은 안다
묵음의 저마다 다른 높낮이

　　단독자는 고약한 냄새를 풍긴다
　　아이들은 꺅꺅 소리 지르며 흩어지고
　　점잖은 이들이 돌아서서 코를 움켜쥐는 것
　　단독자는 알고 있으나

가령, 나선형의 끝없는 노동
달팽이의 등짐
늙은 숫양의 아름다운 뿔
목조 건물이 기다리는 방화 사건
층층계의 내동댕이
발포된 총알이 부러뜨린 공중 경로

단독자는 자신의 몸이야말로

가장 닦기 쉬운 것임을 알았으나

의심해야 할 일이 너무 많았다

손가락은 뒤통수를 긁적이는 일로 바쁘므로

의심은 무색무취

까만 손톱 밑을 모른다

분수대의 물구멍을 가로지르는 아이들

젖지 않고 맞은편으로 건너오자

물기둥이 솟구쳐 오른다

몇몇 애들이 울음을 터뜨린다

솔직하고

솔직하게

단독자는 거울의 방에서 사람을

죽이기로 한다
단독자는 거울의 방에서 사람을
사랑하기로 한다
그러나 거울의 방에서 주먹을 뻗어본
단독자는 맞아 죽는다
소스라치고
소스라쳐서

헤어지는 기분

뚜껑 달린 컵처럼
때로는 선택받았다는 느낌
물건을 살 때마다 흰 것을 골랐다

36색 크레파스 중 끝까지 닳지 않던 색
꿈속에서 사람들이 분분히 펼쳤던 손바닥
모두 나와 악수하고 나를 지나쳐 간다

모르는 사람들
왜 자꾸 따라오지 나는 지웠어

깨어나고 나서야 슬픈 꿈
빛나는 구석이 없었다

나일론 끈으로 동여맨 상자가 버려져 있다

이것은 무엇을 본뜬 모양인가
버리면서 가벼워지면서

더 무거운 것을 받아들일 준비
유리가 나를 경멸할 때 지어 보였던 표정

혼자 남아 연습했다
빛나는 구석이 없었다

여행지에서는 커튼을 치지 않고 잤다
아무도 나에게 잘못하지 않았다

불쑥 들어온 햇살이 흰 것을 들고 나간다
원래 내 것이니까 다시 가져간다

해년마다 겨울 기후가 반복된다
겨울 안에 시간이 멈춰 있다고 믿으며
겨울의 일들이 잊히지 않았다

목격자가 없는 꿈들은
쉽게 없던 일이 되었다

죽음을 받아들이지 못한 영혼들이
개로 태어나 짧게 삶을 반복하고 갔다
빛나는 구석이 없었다

잘 도착

보여주겠다
내가 어떻게 길을 잃는지

멈추고 싶은데 전진하는 것
나아가고 싶은데 정지하는 것
해저의 지느러미처럼
발목의 결심이 물거품 되는 것
바닥인 줄 알았는데 깊이
더 깊이 가라앉는 것

길을 놓친 발목들을 다 주워 먹고
사거리는 배가 부르다

앞서 택시를 탄 사람들이
어디든 당도했을 거라고 믿지 않는다 단지

다물어지지 않는 도형처럼

도착지로 향한 사람들은

영영 출발지로 돌아오지 않았다

죽으면서 동시에 성장*하는 종족은 그렇다

창밖을 빠르게 지나가는 슬라이드쇼—

눈을 떼지 않았는데 아무것도 보지 못했다

본 것이 없는데 다른 사람이 되어서 내린다

이제는 순수를 말할 수 있을 것 같다

유모차에 누운 아기는

바퀴를 떠미는 손을 기다리며

웃고

겨드랑이 사이를 파고드는 손을

기다리며 운다

태양의 엄지가 정수리를 꾹 눌러 나를 고정시킨다

나는 허공을 잡아당기며 겨우 한 걸음 걸었다

* 에밀 시오랑, 『절망의 끝에서』

PIN

005

공장 지나도 공장

유계영

에세이

공장 지나도 공장

　나는 공장에서 비롯된다. 이렇게 말해보는 것이다. 과장은 좀 보탰을지언정 비약이나 은유는 아니다. 나는 공장의 여자로부터 시작한다. 이렇게 말하는 것은 과장도 생략도 포기한다는 뜻이다. 나는 시를 쓰니까, 나를 만든 공장이 철학 공장이라든가 문학 공장, 하다못해 어디 제지 공장이라도 된다면 좀 멋있었을지도 모르지만, 어떤 생활도 시인을 낳고 기르는 데에는 흥미가 없다. 어쨌든 여자가 가리봉동에 도착하면서부터 나는 시작한다.

열여덟에 집을 뛰쳐나온 여자는 무작정 서울로 간다. 자본에 대한 근대적 모험심이 전부인 시골뜨기가 한둘은 아니다. 다행히 여자는 그에 속하지 않는다. 여자가 박차고 싶은 것은 가족이나 촌구석이 아니라, 물론 지겨움이다. 서울이라면 비참의 규모라도 다를지 모른다. 장님 개처럼 온종일 졸졸 따라다니는 작고 귀여운 우울 말고, 간신히 살아가느라 인생에 대한 질문을 던져볼 여력이 남아나지 않는 곳. 서울은 시간을 허겁지겁 집어먹기에 적당한 곳이다. 여자는 이유도 모르는 슬픔이 시도 때도 없이 가슴속을 잔잔히 흘러가는 것을 이해할 수 없다. 물줄기가 저수지가 되도록 놔두지 않겠다. 차라리 물속에 빠져 허우적거리고 말겠다.

그럴 만하다. 여자의 아버지는 서른 명 정도의 인부를 거느린 금광 토굴의 광주이고, 여자의 집은 가난하지 않다. 그렇지만 그게 다 무엇인가. 그래서 무엇을 할 수 있는지. 여자는 여자들을 도와 인부들의 먹거리를 준비할 뿐이다. 남을 먹이고, 자신도 먹고 나면 하루가 끝난다. 마을에는 하는 일 없이 술만 들이붓는 퇴역 광부들과, 남편이야말로 자기가 치러 마땅한 죗값이라도 되는 것처럼 군말 없이 안줏거리를 해다 바치는 부인들이 흔하다. 여자는 부모와 이웃의 모습이 자신의 미래라는 것을 인정할 수 없다. 돌봐줄 어른들에 비해 너무 많은 아이들. 돌을 캐며 살아온 어른들의 내력을 알기라도 하는지 아이들은, 작은 돌을 큰 돌에 던지는 것만으로도 즐겁다. 둘 중 하나가 쪼개지기라도 하면 함성이 터진다.

그러나 아이들을 바라보고 있어도 여자의 가슴에 좀처럼 희망적인 느낌이 솟구치지 않는다. 죽음은 누구도 비껴가지 않는다. 죽음에 맞선다면 죽을 것이며, 죽음에 굴종한다면 죽을 것이다. 술병이 나서 죽거나, 폐병에 시달리다 죽거나, 중금속 오염으로 죽거나, 노환으로 죽거나, 운이 좋아 별안간 죽을 것이다. 인간의 삶을 너무나 간단히 요약해버리는 여자의 고향. 여자는 자신이 죽고 누군가 자신의 삶을 요약한다면, 당연히 세 줄을 넘길 리 없다고 생각한다.

서울에 대한 여자의 믿음. 적어도 서울은, 죽을 날만을 기다리는 사람에게 비난이라도 퍼부어주지 않을까. 어쩌면 일다운 일을 하게 만들어줄지 모른다. 적어도 일을 해서 돈을 번다면 그것만큼은 자신의 것이라 믿으며 살 수 있으리라. 삶이 지긋지긋하게 돌아가는 것이 여전하더라도, 지긋지긋한 기분이 시종일관 따라다니도록 한가하게 내버려두지는 않겠지.

여자는 서울에서 일자리를 얻는다. 여자의 첫 공장은 가리봉동의 전구 공장이다.

큰 빛 아래 작은 빛들. 공장의 불빛 아래에서 여자는 다른 명도의 빛을 들여다본다. 벨트컨베이어가 끊임없이 둥근 빛을 운반한다. 하루 종일 필라멘트 코일을 바라본다. 여자는 자신을 유리구 속의 작은 인간이라고 여긴다. 현미경을 안경처럼 쓰고, 자신의 큰 눈으로도 볼 수 없는 것들을 본다. 이를테면 야외의 태양, 숲의 무수한 나무들 가운데 번개를 맞고 불타버린 단 한 그루의 비자나무, 민가의 지붕들, 환한 가로등 곁의 컴컴한 폐가, 낮과 밤이 서로의 옷깃을 스치고 지나가는 순간 같은 것을. 그런 것을 바라보고 있다고 상상하며 여자는 지키고 싶은 것을 지킨다. 여자의 공장에서 시간은, 쪼개면 끝없이 쪼갤 수 있는 잔돈 같은 것이다. 밤을 여러 번 쪼개면 이른 밤은 낮이 된다. 잔업은 하루도 빠짐없이 남고 아무도 그것을 이상해하지 않는다. 여자는 어쩌면 언제나 잔업만 하고 있었을지도 모른다고 생각한다. 일과가 끝나면 기숙사에서 갈치잠을 잔다. 통성명만 겨우 마친 여덟 명의 다른 여공들과 함께, 돌아누울 여분의 공간도 없는 방바닥에 다닥다닥 누워 아침을 향해 운반된다.

여자는 아무리 잠이 오지 않는 밤이라고 하더라도, 어둠 속에서 빛나는 것을 캐내는 광산 노동자들과 빛 속에서 불량한 어둠을 골라내는 자신의 유사성을 굳이 따져보지 않는다. 그런 것을 궁금해하지 않아도 되는 곳이 서울이니까. 자신의 저수지가 범

람하는 것을 원치 않으니까. 광꾼과 그의 식솔. 여기 속하지 않는 누구라도 외지 사람이라 부르면 그만인, 여자의 고향과 서울은 다르다. 같은 동네에 사는 사람끼리라도 저마다 다른 일로 먹고산다는 것이 여자에게는 낯설다. 무수한 직업의 이름을 가진 서울의 살림살이. 그 와중에 마땅히 부를 만한 이름이 마련되지 않은 일의 종사자들. 이따금 후자에 속하는 사람들이 훨씬 많다는 것이 여자를 미궁에 빠뜨리기도 한다. 직업에 이름이 있다고 해도 아무도 그것을 불러주지 않으면 후자에 속한다. 여자역시 그렇다. 여자의 일 또한 이름이 없는 무수한일 중 하나이고, 여자도 스스로를 전구 검사원이라든가 전구 조립원 따위로 부르지 않는다. 괴이쩍게도 자신을 전구 검사원이라고 여길 때 더욱 슬픈 기분이 들기 때문이다. 여자는 여공이다. 그것이 감당하기에 더 간단한 감정을 일으킨다. 따지고 보면 사장과 반장, 그에 속하지 않는 전부가 외지인이나 다름없다. 여자는 고향을 떠나온 것이 아니라 고향을 옮긴 것일 뿐일까. 그러나 여자는 서울에 산다. 많은 생각을 해야 할 필요가 없다. 스스로에게 질문을 던질 겨를이 없다. 잠이 오지 않는 밤 같은 건 없다.

　여자의 동료는 사람과, 사람의 신체를 본떠 만든 기계들이다. 그중에서 여자의 마음에 가장 가까이 자리 잡은 동료는 입이다. 사람의 입을 본떠 만든 머신이 스물네 시간 유리를 빨고, 빨아들인 유리 속에 공기를 불어 넣어 투명한 구를 생산한다. 여자는 사람의 말을 하고 사람의 말을 옮기는 입들과는 좀처럼 친해지지 못한다. 여자는 과묵하기 때문에, 누군가 여자에게 어떤 말이라도 요구할 때면, 마지막 은신처를 빼앗긴 기분이 든다. 놀라운 것은, 사람의 신체를 흉내 낸 기계들도 제 본분에 너무 충실한 나머지, 사람처럼 늙고 병든다는 것이다. 늙고 병들며 죽어간다는 것이다.

　눈에 대해서라면, 여자의 방을 빼놓고 설명할 수 없다. 여자는 단 한 번도 자신의 방을 가져본 적이 없지만, 언제나 자신의 방을 가꾸기에 여념이 없다. 여자의 방은 오직 여자의 마음속에만 존재하며, 실

제로 자신의 방을 갖게 될 날이 온다고 해도 마지막 순간 걸어 잠그게 될 문이 마음속에 있다는 사실은 변하지 않는다. 누군가로부터 말을 요구받을 때 그러하듯, 사람의 눈과 눈을 마주치는 일은 여자의 방을 비좁게 한다. 그러나 사물과의 눈 마주침은 여자의 방을 보다 넓고 풍요롭게 만들고, 빛이 잘 드는 창을 내게 하며, 창문을 열어 상쾌한 바람이 통하도록 한다. 여자가 자신의 일을 무어라 불러야 할지 모르는 미궁 속에서도 공장에서 많은 시간을 보낼 수 있었던 이유이다. 사물의 눈과 자신의 눈을 맞추는 시간이 얼마든지 허락되는 곳이기 때문이다. 여자는 알전구의 눈빛 속에서 지루함을 이겨낸다. 160센티미터가 채 되지 않는 여자의 작은 몸 안에도 황홀한 빛으로 부푸는 여자만의 방이 있다. 여자는 거의 모든 시간 그 방 안에 틀어박힌 불꽃이다. 여자는 사람의 신체를 본떠 만든 기계가 늙고 병드는 것처럼, 공장의 사람들도 기계의 마음을 닮아가는 것은 아닐까 생각한다.

기숙사 근처에는 고양이가 많다. 고양이는 어딜 가나 많지만 자연의 것이 드문 공장 일대에 고양이는 어울리지 않아서, 몇 마리 되지 않는 고양이도 충분히 많다고 여겨진다. 온종일 부릅뜨고 있던 눈꺼풀을 닫으면, 발정 난 고양이들이 애처롭게 울어댄다. 며칠을 정성껏 울어댄 뒤에는 비명에 가까운 소리로 맹렬히 울부짖는다. 몇몇의 여공들이 키득거린다. 드디어 오늘이네. 구경 갈래? 한참 동안 고양이에 대한 괴담이 이어진다. 고양이는 영물이라 함부로 건드려선 안 돼. 복수의 화신이거든. 죽어서도 자신을 해친 사람을 잊지 않고 반드시 앙갚음한대. 죽어서 어떻게 복수를 해? 복수가 끝나지 않으면 몇 번이고 환생을 거듭하거든. 구렁이도 되었다가 해초도 되었다가 그러면서 인간의 곁을 맴도는 거지.

 죽어도 죽지 않는 것. 죽어서도 끝마쳐야 할 일. 여자는 누군가를 증오하거나 복수심을 품는 것이 매우 피로한 일이라고 생각한다. 죽어서도 죽지 않고 할 일을 마치기 위해 다시 살아야 한다면, 여자는 아무것도 증오하지 않고 살기로 한다. 자기 자신조차도 미워하지 않기로 한다. 자기 자신을 증오하게 된다면 다음 삶을 덥석 집어 드는 실수를 저지를 것만 같다. 여자는 눈꺼풀 속에서 충혈된 눈동자를 돌돌 굴리면서, 그냥 이렇게 생각하기로 한다. 이건 고양이의 일이다. 나와 아무런 상관없는 그냥 고양이의 말일 뿐.

　여자는 문득 자신의 손이 자신과 무관하게 움직이고 있음을 알아차린다. 아득한 잠 속에서 꿈을 꾸고 깨어났을 때, 끊임없이 소켓을 끼우는 손을 본다. 여자의 눈과 여자의 입, 여자의 다리와 여자의 손, 그리고 여자의 마음은, 각각 다른 공간에서 분리된 시간을 살고 있다. 유리구와 필라멘트 코일, 도입선과 소켓 들이 각각 다른 곳에서 태어나, 여자의 손끝에서 눈빛을 가진 사물로 다시 태어나듯 말이다. 눈과 입과 팔다리와 마음이 한곳에 모이면 여자는 또렷하고, 모든 것이 뿔뿔이 흩어져 퍼져갈 때면 여자는 희미하다. 여자는 두 가지 상태 속을 오간다. 여자가 낳은 전구들은 제각각 흩어져 집의 일

부로 태어나고, 누군가의 하루를 여닫을 것이다. 여자는 특별히 기뻐하지 않고서 누구보다 이 사실을 잘 받아들인다. 인간에게 복수할 것이 남아, 몇 번이고 모든 것으로 다시 태어나는 고양이의 환생을 더 이상 두려워하지 않는다.

　여자는 여러 공장을 전전한다. 고향을 떠나왔던 이유가 지겨움이었던 것처럼, 전구 공장이 지겨우면 단추 공장에 다녔고 그러다 나사 공장에 다녔다. 여자는 30년 동안 수천 종류의 사물과, 사물의 기초가 되는 사물을 만든다. 만들기 위해서는 자세히 들여다보는 일을 빼놓을 수 없어서, 여자는 수천 종류의 사물과 눈을 마주치고 자세히 들여다본 이력이 있다. 한 가지 사물이 지배하는 왕국에서 작은 인간이 되어 살아본 여러 번의 이민 경험과, 각 나라의 모어를 터득하게 된 것도 빼놓을 수 없는 여자의 일부다. 여자는 길거리에서, 상점에서, 행인의 외투에서, 어디에서나 자신이 낳은 사물들과 재회한다. 사랑스러운 사물들과의 감격스러운 눈 맞춤. 그리고 자신이 골라낸 불량품들의 하나뿐인 아름다움을 떠올린다.

공장을 지나 다른 공장으로 가는 동안 여자는 훨씬 더 다양한 언어를 구사하게 된다. 그사이, 고향의 아버지가 폐암에 걸려 죽는 일도 있었고, 결혼도 했으며, 몇 명의 자식도 낳는다. 그때마다 여자는 슬펐는데, 자신의 저수지가 넘쳐나지 않는다는 것을 확인한다. 저수지는 적당히 출렁거릴 뿐이다. 단, 사물의 감정을 구사하고 그것을 말할 수 있게 된 일 앞에서는 그렇지 않았다. 여자는 침묵을 깨고 입을 여는 순간, 온몸이 흠뻑 젖는 것을 느낀다. 자신이 물속에 빠져 허우적거리고 있음을 알게 된다.

여자가 생산한 것 중 하나인 여자의 딸, 나는 전구 공장이 마음에 든다. 나는 여자를 집요하게 쫓아다니며 전구 제조 과정이라든지 공장의 사건들에 대해 말해달라 조른다. 혹시 화재 사고나 정전 사고는 없었는지, 누군가 다치거나 부당한 일을 당한 적

은 없는지. 아니면 운동권 대학생들의 위장 취업이
나. 여자는 나의 말을 도무지 알아들을 수 없다. 딸
은 도대체 무엇을 바라고 있는가. 대체 무슨 소리를
듣고 싶은 것인가.

　뭐하러 그런 걸 기억하고 있겠어.
　여자의 말에 나는 거의 울상이 되어 중얼거린다.
　생각이 안 나도 생각하려고 해봐. 보이지 않는 것
을 보인다고 생각하면 되잖아.
　여자는 자신의 딸만큼은 불량은 아니라고 믿고
싶다. 하지만 이럴 때 보면 도저히⋯⋯.

이제는 순수를 말할 수 있을 것 같다

지은이 유계영
펴낸이 김영정

초판 1쇄 펴낸날 2018년 3월 5일
개정판 1쇄 펴낸날 2022년 10월 26일

펴낸곳 (주) 현대문학
등록번호 제1-452호
주소 06532 서울시 서초구 신반포로 321(잠원동, 미래엔)
전화 02-2017-0280
팩스 02-516-5433
홈페이지 www.hdmh.co.kr

ISBN 979-11-6790-137-8 04810
       979-11-6790-109-5 (세트)

* 책값은 뒤표지에 있습니다.

현대문학 핀 시리즈 시인선